A VIDA NA PORTA DA GELADEIRA

A VIDA NA PORTA DA GELADEIRA
ALICE KUIPERS

tradução
Rodrigo Neves

wmf **martinsfontes**

Esta obra foi publicada originalmente em inglês com o título
LIFE ON THE REFRIGERATOR DOOR
por Macmillan, um selo de Pan Macmillan Ltd.
Copyright © 2007, Alice Kuipers,
por acordo com Westwood Creative Artists Ltd.
Copyright © 2009, Editora WMF Martins Fontes Ltda.,
São Paulo, para a presente edição.

1ª edição 2009
8ª tiragem 2023

Tradução
RODRIGO NEVES

Acompanhamento editorial
Márcia Leme
Revisões
Renato da Rocha Carlos
Nanci Ricci
Produção gráfica
Geraldo Alves
Paginação
Moacir Katsumi Matsusaki
Capa
DuatDesign

Dados Internacionais de Catalogação na Publicação (CIP)
(Câmara Brasileira do Livro, SP, Brasil)

Kuipers, Alice
  A vida na porta da geladeira / Alice Kuipers ; tradução Rodrigo Neves. – São Paulo : Editora WMF Martins Fontes, 2009.

  Título original: Life on the refrigerator door.
  ISBN 978-85-7827-154-1

  1. Mães e filhas – Ficção I. Título.

09-05323   CDD-823

Índices para catálogo sistemático:
  1. Ficção : Literatura inglesa 823

Todos os direitos desta edição reservados à
Editora WMF Martins Fontes Ltda.
Rua Prof. Laerte Ramos de Carvalho, 133 01325-030 São Paulo SP Brasil
Tel. (11) 3293-8150 e-mail: info@wmfmartinsfontes.com.br
http://www.wmfmartinsfontes.com.br

*Para as mulheres de minha família,
sobretudo Anneke, Liz, Melanie, Oma, Vovó,
e, é claro, minha mãe.*

Só para avisar

comi
as ameixas
que estavam na
geladeira

e que
você provavelmente
estava guardando
para o café da manhã

Desculpe
estavam deliciosas
tão docinhas
tão frias.

William Carlos Williams

Sumário

JANEIRO
Quando olho para você 1

MARÇO
Vejo a mulher que quero ser 47

JUNHO
Forte e corajosa 129

SETEMBRO
Linda e independente 181

P.S.
Eu te amo 221

JANEIRO

Quando olho para você

Filha,

leite
maçã
banana
abacate
cebola
batata
tomate
champinhom
cenoura e ração de coelho para o Peter
carne moída
pão
suco – você escolhe

Se der para você carregar mais coisa, compre um frango e duas latas de feijão cozido. Se não, pode deixar pra lá, vejo isso amanhã.

Com amor,

Mamãe

Dinheiro na bancada. Não esqueça a chave!

Mãe,

Comprei tudo o que você pediu, menos o frango e o feijão. Estava muito FRIO na rua, pensei que meus dedos fossem cair junto com as sacolas de compras. PRECISO de luvas novas. Podíamos voltar à loja no sábado – você não vai trabalhar no fim de semana, vai?

Espero que tenha tido um bom dia!

C.

Fiz espaguete à bolonhesa para quando você chegar.

Com amor,

Mamãe

Tive de sair correndo. Vou dar plantão no fim de semana. Desculpe.

Com amor,

Mamãe

Vou dormir na casa da Emma.

Eu achei você um pouco cansada ontem à noite, mãe. Espero que não esteja trabalhando demais!

Amanhã a gente se fala.

Bjs.

C.

Não se preocupe, estou levando a chave.

Compre um frango, se puder. Vou fazer cozido amanhã, no domingo.

Com amor,

Mamãe

Depois de UM TEMPÃO PASSANDO FOME, resolvi preparar o frango com uma receita que encontrei na internet. O que sobrou está na geladeira. Quis esperar, mas, como você não chegava NUNCA, tive que cobrir a travessa com filme plástico. A Emma NÃO PRECISA cozinhar para a mãe.

Como amanhã vou mais cedo para a escola, não vamos nos ver. A mãe da Emma vai nos levar, ficou com pena da gente por causa da NEVE. E, amanhã de noite, vou ficar de babá para ganhar um dinheiro e poder comprar as coisas de que estou PRECISANDO. Como LUVAS. Para que as minhas mãos NÃO CAIAM por causa do FRIO!!!!

Por que você não compra um telefone celular???? Pelo menos, eu poderia ligar para você!!!!!!!!

Claire

Querida filha,

Tive uma semana estressante. Seria bom chegar em casa e não ter que me sentir culpada.

Espero que a aula tenha sido boa. Sobrou um pouco de frango (estava muito gostoso, por sinal). No café da manhã nos falamos melhor. Temos que ter uma conversa.

Com amor,

Mamãe

Deixei dinheiro na bancada para as luvas.

Filha,

Precisei sair às pressas. Uma paciente entrou em trabalho de parto dois meses antes da hora. Janeiro é um péssimo mês para bebês prematuros...

Quando é sua apresentação? É por esses dias, não é?

Vamos fazer alguma coisa hoje à noite. Parece que não nos vemos faz dias.

Com amor,

Mamãe

Compre mais maçãs, o.k.?

Oi, mãe!

Hoje não dá. Vou estudar na casa da Emma, junto com o James. Vamos trabalhar na apresentação, que é amanhã.

Fiz um pouco de macarrão com molho de queijo, então acabou o leite. Ainda não comprei as maçãs.

Espero que o trabalho tenha sido divertido. Como está o bebê de ontem?

Claire

Deixa dez dólares para mim, mãe?

Oi, filha,

Trouxe leite e pão. Também comprei frutas, legumes e verduras. Inclusive maçãs.

Obrigada pelo macarrão com queijo – estava muito gostoso. Você está cozinhando melhor que eu.

Quero falar com você no sábado de manhã. Precisamos conversar.

Para que é o dinheiro?

Mamãe

Oi, filha,

Adorei vê-la ontem à noite, mesmo que por um instante. Você parecia tão crescida quando saiu pela porta. Às vezes, esqueço que você só tem 15 anos.

Desculpe, só agora me dei conta de que me esqueci de perguntar sobre a apresentação.

Hoje vou ficar trabalhando até mais tarde. O dr. Goodman viajou e pelo visto estamos trabalhando três vezes mais.

Sábado está bom para você? Temos que conversar decentemente.

Eu te amo, meu anjo,

Mamãe

Claire,

A gaiola do Peter precisa de uma faxina. Coitado do coelho.

Com amor,

Mamãe

Oi, mãe!

Tirei A!

C.

Parabéns, querida! Isso é fantástico! A apresentação era importante?

MÃE!

Era muito importante. Se eu CONSEGUISSE falar com você, poderia lhe contar esse tipo de coisa. Não acredito que teve que perguntar uma coisa dessas.

Volto tarde amanhã. Os pais da Emma me convidaram para jantar. Se estiver nevando, talvez eu durma na casa deles. Ligo para combinar. Amanhã de noite vou ficar novamente de babá.

Claire

Ótimo, Claire, agora estou me sentindo uma péssima mãe. Por que não tiramos um tempo para falar da escola, como todo mundo faz? Costumávamos fazer isso, lembra?

No sábado nos falamos melhor.

Mamãe

Filha, tenho que desmarcar o compromisso de sábado. Vamos deixar para domingo à noite.

Compra hidratante? O meu acabou.

Seu pai telefonou ontem à noite. Pediu pra você ligar para ele.

Com amor,

Mamãe

Oi, mãe,

Vou estudar na casa da Emma para o teste. Você se esqueceu da minha mesada. DE NOVO.

C.

Nosso encontro domingo à noite está de pé?

Com amor,

Mamãe

MÃE!

POR FAVOR, POR FAVOR, POR FAVOR, LIBERA A MINHA MESADA!!!!

Oi, MÃE! (Que eu NUNCA MAIS vi!)

Domingo é aniversário da Emma, então vou passar o dia com ela. Ia dormir lá hoje, mas o papai me convidou para passar um tempo com ele. Eu achei que ele estava com a voz triste. Você sabe de alguma coisa?

Comprei um pote de hidratante. Espero que seja o que você gosta. Acho que é, mas tinha um monte na loja e acabei me esquecendo das especificações. O seu vinha numa embalagem branca, se não me engano, mas este, que é amarelo, tem o mesmo nome. Será que mudaram? Você tem que deixar dinheiro quando quiser alguma coisa. A não ser que esteja pensando em aumentar a minha mesada...

Espero que esteja tudo bem. Você disse que queria falar comigo. Talvez eu chegue a tempo de jantar com você no domingo.

C.

Oi, filha,

Como foi o fim de semana com seu pai? Espero que ele tenha se mostrado mais animado ao vivo do que pelo telefone. Deve estar estressado com o trabalho. Antigamente, ele vivia estressado com o trabalho, mas quem sou eu para falar?

E como foi o aniversário da Emma?

Claire, meu anjo, tenho uma consulta marcada para hoje. Era isso o que eu vinha tentando contar pra você. Não é nada sério, mas me sentiria estranha se você não soubesse. Descobri um carocinho na mama direita. Acabei marcando uma consulta. Queria ter lhe contado antes de ir ao médico, mas acho que não tive chance. Não deve ser muito sério, então, não se preocupe.

Eu te amo, meu bem,

Mamãe

Mãe!

Não acredito que teve que escrever um bilhete para me contar uma coisa dessas!

Como você está se sentindo? Como foi a consulta? Devo ficar preocupada? É coisa séria? Você NUNCA vai ao médico...

Vou ficar de babá, mas não demoro.

Bjs.

Com amor,

Claire

Claire,

Espero que esteja melhor depois de nossa conversa, meu bem, e que não esteja preocupada. Como lhe disse antes, o médico foi muito gentil. Amanhã vou fazer uma mamografia, só para ter certeza de que está tudo bem – provavelmente não é nada sério.

Acho que, como sou médica, acabo me esquecendo de cuidar da minha saúde como deveria. Não importa, vai ficar tudo bem, então, por favor, não fique preocupada. Não há razão para isso.

Com amor,

Mamãe

Boa sorte com o negócio da mama. Desculpe não poder ir junto, mãe…

Tenho outra consulta semana que vem, querida. Quer ir comigo? Segunda-feira, às quatro e meia – se você conseguir chegar em casa às quatro, podemos ir juntas. Veja se é possível.

Com amor,

Mamãe

Hoje à noite vou ficar de babá, mãe. Não dá pra cancelar!!!

Não estou encontrando a minha chave. Você vai estar em casa para abrir a porta? Ligue para avisar.

Você vai ficar com seu pai no fim de semana? Ou quer fazer algo comigo?

Oi, mãe,

Volto mais tarde... Podíamos ver um filme.

Deixa vinte dólares junto com a mesada?
Por favooooooooooooor? Quero comprar um par de botas, mas não tenho dinheiro suficiente. Eu cozinho TODOS OS DIAS SEMANA QUE VEM!

Bjs.

Desculpe, mãe! Pensei que ia dar pra ir com você ao médico mas tenho uma coisa para fazer na escola. Boa sorte na consulta! Depois me conta como foi...

Bjs.

Mãe??????

Cadê você????

Fiquei esperando um tempão, pensei que estivesse em casa. Liguei para o hospital e avisaram que você não tinha voltado ao trabalho depois da consulta. Cheguei até a ligar para o papai para ver se ele sabia de alguma coisa. Não que ele saiba o que você faz ou deixa de fazer.

Estou preocupada. Deveria estar? Busquei "caroço na mama" na internet, sem saber ao certo o que estava procurando, então me ocorreu que talvez devesse dar mais importância a isso. Se você estivesse em casa, eu provavelmente estaria menos preocupada...

Você está bem? Estou ficando louca só de esperar.
O papai ligou – ele vai me levar para comer. Volto logo.
Achei a chave.

Bjs.

C.

BOM DIA!!! MÃE!

Cadê você? O que está acontecendo?

No calendário diz que você vai dar plantão hoje. Vou tentar ligar para o hospital. Por que você não compra um celular????

Tem *pizza* gelada para o café da manhã – eu trouxe o que sobrou da minha. Queria que você não tivesse desaparecido assim, sem avisar nada. Sei que deveria ter voltado mais rápido da pizzaria, mas o papai queria conversar comigo. Não se preocupe, não disse nada pra ele.

Vou direto para casa depois da escola.

Claire

Oi, filha,

Desculpe, meu bem, não quis preocupá-la. Saí para dar uma volta de carro. Tenho que voltar ao médico no fim da semana.

Com sorte, vamos descobrir que está tudo bem e que estou me preocupando à toa.

Eu te amo. Devo chegar em casa lá pelas oito.

Um rapaz chamado Michael ligou.

Com amor,

Mamãe

Oi, mãe,

Obrigada pelo bilhete. Está tudo bem agora?

Fui para a casa da Emma.

Bjs.

Com amor,

Claire

Oi, filha,

Quer jantar comigo hoje? Tive que trabalhar pela manhã. Pelo jeito, as mulheres não pararam de ter bebês só por pena de mim.

Dei uma saidinha para comprar comida para o Peter – não temos nada aqui em casa, nem cenoura. Volto em dez minutos.

Eu te amo,

Mamãe

Mãe,

Então basta esperar o fim da semana para descobrirmos que está tudo bem?

Odeio esperar, mãe! Lembra aquela vez, quando estávamos esperando o barco e íamos ficar presas a noite inteira naquela ilha? Onde foi mesmo? Quantos anos eu tinha?

Ah, tirei B em biologia.

Até o jantar.

Bjs.

O jantar de ontem estava ótimo, Claire. As batatas são receita da vovó? Estavam iguais às dela. Esqueci de dizer – aquela ilha era a Indonésia. Viajamos pra lá quando você estava com 9 anos porque seu pai precisava fazer uma pesquisa. Foi pouco antes de nos separarmos. Estou surpresa que tenha se lembrado. É engraçado o que os filhos lembram dos pais. Lembro que minha mãe fazia batatas deliciosas e costumava desenhar conosco depois da escola.

Esse rapaz, o Michael, ligou de novo.

Vou trabalhar até tarde. Eu te amo. Tente não se preocupar, está bem?

Mamãe

Desculpe ter atrasado a mesada.

Você acha que eu devo ir junto amanhã?

C.

Não precisa, vou sozinha.

Até mais tarde.

Com amor,

Mamãe

Claire,

Precisamos conversar. Estou no quarto.

Eu te amo,

Mamãe

MARÇO

Vejo a mulher que quero ser

Passei um tempo com o Peter, olhando pela janela, admirando a beleza do jardim, Claire. Com a neve derretendo, seu pelo cheio de luz, a coisa não parece tão ruim.

Desculpe, mãe. Contei para o papai. Ele percebeu que tinha algo errado quando comecei a chorar. Por favor, não fique zangada comigo.

Bjs.

C.

Não se preocupe. Temos coisas melhores para fazer do que ficarmos aborrecidas uma com a outra. Fui conversar com ele.

Ligaram da clínica hoje. Querem que eu vá lá amanhã.

Eu te amo tanto, meu bem.

Mamãe

Desculpe, mãe. Eu não queria ter gritado ontem à noite. É que eu fiquei preocupada quando você saiu para caminhar e fiquei imaginando uma série de coisas que podem acontecer... Não acredito que gritei com você logo agora que apareceu este problema. Sinto muito mesmo.

Bjs.

Com amor,

Claire

Você pode não acreditar, Claire, mas eu já tive 15 anos. Sei como é ter essa idade. Mas seu bilhete foi muito agradável. Gostaria de ir comigo hoje – se conseguir chegar a tempo? A consulta é às quatro e meia. Vou sair às quatro em ponto. Se não der hoje, você pode ir comigo na sexta para a lumpectomia. Depois, tudo vai voltar ao normal.

Bom trabalho com a gaiola do Peter!

Mamãe

Desculpe não ter ido à consulta, mãe. Mas posso ir na sexta-feira.

Claire

A mesada está na bancada. Vamos sair por volta das oito e quinze amanhã de manhã.

Com amor,

Mamãe

Mãe,

Não esperava que fosse tão sério, tão limpo e tão real na clínica. Quando acordar, estarei no meu quarto. Venha falar comigo…

Bjs.

Claire

Estou bem, meu anjo, foi uma cirurgia simples. Obrigada pelos chás de ervas...

Oi, Claire,

O Michael ligou para você. Pensei que tivessem saído pela primeira vez ontem. É alguém especial?

Adorei vê-la hoje de manhã, meu anjo.

Com amor,

Mamãe

A Gina telefonou de novo, mãe. Quer que você ligue para ela.

Depois conversamos sobre o Michael. Fui rapidinho à casa do papai. Ele quis passar um tempo comigo.

Como você está se sentindo?

Bjs.

Com amor,

C.

Estou sem tempo para ir ao mercado, Claire. Amanhã, quando estiver voltando da escola, compre:

leite
pão
ovos
frutas – você escolhe
pepino e tomate
espaguete – acabou

Se sobrar tempo, regue as plantinhas.

Não resisti, fui trabalhar! Uma das pacientes está esperando trigêmeos. Cruze os dedos.

Mamãe

Mãe,

Fui ao mercado. Olhe na geladeira. Reguei as plantas. Limpei a gaiola do Peter. Arrumei a sala. E a cozinha. E lavei a louça.

Vou dormir.

Sua eterna criada,

Claire

Claire!

Sei que é difícil porque estou sempre trabalhando e não paro em casa, mas eu também ajudava meus pais com os deveres domésticos.

Ontem à noite nasceram três lindos bebês. Isso faz do mundo um lugar melhor. Estou otimista. A consulta é semana que vem. Vão explicar o que vai acontecer daqui pra frente. Queria poder encerrar logo esse assunto.

Bjs.

Mamãe

A mesada está na bancada.

Mãe!

DESCULPE TER BRIGADO! É que estou fazendo um monte de coisas na casa. E também me sinto péssima por tudo o que está acontecendo. Como você está se sentindo?

Claire

Vou ficar de babá.

Bjs.

C.

Acabaram as cenouras do Peter. Tem como comprar?
Precisamos de pão também.

Mamãe

Saí com a Emma.

Bjs.

C.

Mãe! Não acredito que você estragou minha camisa! Ficou ROSA! AGORA NÃO POSSO USAR.

Hoje tenho consulta no médico. Com sorte, vamos descobrir que está tudo bem.

Com amor,

Mamãe

A máquina de lavar louça está cheia.

Hoje tivemos um dia triste no trabalho, Claire. Lembra do bebê prematuro que nasceu em janeiro?
Provavelmente não lembra, acho que não, bom, fiquei observando aquele bebezinho, uma menina, acho que ela era meu fiozinho de esperança nesta história. Morreu hoje de tarde. Era tão pequenininha!

Estou um pouco deprimida. Vou caminhar à margem do rio. Ontem a notícia não foi boa. Parece que há algum tipo de complicação.

Mamãe

Como assim "complicação"? Está tudo bem? Por que você não diz o que está acontecendo?

Já tinha combinado de sair com o Michael hoje à noite – sinto muito. Não se preocupe, PROMETO chegar cedo. Volto assim que puder.

A Gina e a Marcy telefonaram. Vão oferecer um jantar no dia 5. Ligue para a Gina quando chegar.

Bjs.

Com amor,

Claire

O Michael ligou duas vezes.

Parece um bom rapaz.

Mamãe

Ele é um bom rapaz! Vamos ao cinema. Você vai estar em casa quando eu chegar?

C.

Deixa mais dez dólares na bancada?
Por favoooooooooooor???

Espero que a noite de ontem tenha sido divertida, meu bem. Fui para a casa da Gina, queria um pouco de companhia. Preferia você...

Bjs.

Mamãe

Desculpe o desencontro, MÃE! Fiquei de babá e depois fui estudar na casa da Emma. Espero que a Gina tenha sido uma boa substituta. Amanhã tenho uma PROVA IMPORTANTE e ESTOU COM UM POUQUINHO DE MEDO!!!!

Bjs.

C.

Boa sorte com a prova de hoje, meu bem. Desculpe não estar aqui para o café da manhã. Meninas gêmeas estão para nascer.

A gaiola do Peter está suja.

Até mais tarde.

Com amor,

Mamãe

Não esqueça a chave!

Saí para dar uma corrida, mãe, caso você esteja me procurando. O dia está lindo, mas aposto que você ainda não parou para olhar pela janela. As flores de açafrão desabrocharam, e aquelas amarelinhas que eu esqueço o nome também. Estão todas sorrindo à luz do sol...

Parece que não conversamos faz semanas. Não sei o que o médico disse sobre o tratamento e tal. Está tudo bem?

A prova foi boazinha.

Bjs.

C.

Você parecia exausta ontem à noite, mãe, fiquei pensando nisso antes de ir para a cama. Deveria ficar mais preocupada? Às vezes, parece mais fácil escrever essas perguntas, do tipo como você está se sentindo e o que o médico acha e tal.

Estou atrasada para a escola. Vou me encontrar com o Michael depois, acho que não vou jantar em casa.

Bjs.

Oi, Claire,

Por que você não traz o Michael para jantar aqui um dia desses? Tem que ser um dia em que eu não esteja de plantão. A noite foi solitária sem você. O Peter não é muito bom de conversa!

Sei que é mais fácil escrever essas perguntas. Estou pensando no que responder.

Com amor,

Mamãe

A Nicole telefonou. Já ligou para ela?

Bjs.

C.

Começo a radioterapia hoje, então, você já sabe onde estou. Daqui para a frente vou sair de manhã.

Mamãe

Mãezinha,

Quando você acordar, se estiver se sentindo bem, dê um pulinho no jardim. Tem suco de romã na geladeira para você.

Bjs.

Com amor,

Sua filhinha

Como está se sentindo, mãe? Dei um pulinho na casa da Emma para pegar o dever de casa. Liga pra mim se precisar de alguma coisa…

Bjs.

Com amor,

Sua filhinha

Estou bem, meu anjo. Obrigada por se preocupar.

Mamãe

Saí para dar uma corrida com a Emma, mãe. Volto em quarenta minutos.

Bjs.

Oi, mãe!

Fui dar uma volta de carro com o Michael. Volto em menos de uma hora.

A Nicole telefonou. E a Gina também – ela vem por volta das seis, vai trazer o jantar.

Bjs.

Bom dia, Claire,

Hoje vou trabalhar depois da radioterapia.

Aliás: quantos anos tem o Michael, se ele já dirige? Talvez devêssemos ter uma conversinha sobre ele – você tem só 15 anos, Claire.

Seu pai ligou.

Mamãe

maçã
banana
toranja
brócolis
abóbora
salmão
nozes
abacate
leite
pão
ovos
peito de peru

Acho melhor começar logo a superdieta. Tomara que ajude! Obrigada por fazer as compras, meu anjo.

Mamãe

Estou muiiiiito cansada, mãe, vou tirar uma soneca. Aluguei um filme para mais tarde – *O sol é para todos*. Parece o tipo de filme que você gosta. É em preto e branco.

Não passei no mercado. Vou amanhã – PROMETO.

O Peter estava tão bonitinho hoje de manhã, você devia tê-lo visto brincando com a cenoura de borracha que o papai comprou. Aliás, ele perguntou por você. O papai – não o Peter HAHAHA. (Estou tão cansada que fiquei maluca!!!!!!!!)

Como foi a radioterapia?

Beijinhos, abraços e tudo o mais,

C.

Por sinal, não consigo achar minha chave – você a viu em algum lugar?

Oi, Claire,

Sei que estamos querendo nos alimentar melhor, mas comer fora uma vez não vai fazer mal, vai? Pedi comida chinesa – frango agridoce e carne com chili. Estava com vontade de dirigir, então fui ao restaurante.

O sol é para todos parece ótimo.

Estou um pouco nervosa. Talvez o ar fresco ajude a me sentir melhor.

Beijinhos e abraços para você também,

Mamãe

Filha,

Saí mais cedo para trabalhar. Não estou acompanhando o andamento das coisas e não consegui dormir pensando nisso. Bobagem – eu sei. Talvez não devesse estar tão preocupada com o trabalho com tudo isto que está acontecendo, mas acho que vai ficar tudo bem. Nós não temos histórico na família, não se esqueça.

Gostei do filme, obrigada. Obrigada por tudo o que você está fazendo, meu bem.

Eu te amo,

Mamãe

Oi, mãe,

Saí para dar uma corrida. Deixei a porta dos fundos aberta.

Bjs.

Mãe,

O Michael disse que não queria mais ficar tanto tempo comigo. Ele disse...

Nem quero escrever o que ele disse. Fiquei péssima. Estou no jardim. Não acredito que ele fez uma coisa dessas comigo logo AGORA...

Bjs.

Que tal um filminho de novo, meu bem? Chego por volta das sete. Espero que minha companhia ontem à noite tenha feito bem!

Tenha um bom dia, querida. Não se martirize. Não é culpa sua.

Com amor,

Mamãe

A chave NOVA está na bancada.

Fui dar uma corridinha, mãe, caso você esteja se perguntando onde estou. A aula foi horrível. Não conseguia parar de pensar nele. Não entendo o que aconteceu! Ele é tão perfeito para mim e eu achava que eu fosse perfeita para ele também!

Até mais. O filme parece uma boa ideia – de novo. Talvez devesse ficar em casa assistindo a filmes com você para sempre. Acha que devo ligar para ele??? E se eu ligar para dizer que ainda podemos ser amigos???

C.

Como foi a escola? Um pouco melhor?

Não fique chateada, Claire, meu anjo. Vamos fazer algo divertido no fim de semana. Podemos consertar a gaiola do Peter. Melhor, vou fazer isso agora. Acho que o tempo está bom para comermos no jardim. Ou não. Podemos comer na sala de TV, se você quiser, vendo um filme. Que tal?

Eu te amo,

Mamãe

Eu sou patética, mãe. Não imaginei que fosse ficar tão triste por causa de alguém. Desculpe o mau humor. Não é justo descontar em você, ainda mais com tudo o que está acontecendo – devia tê-la acompanhado nas sessões de radioterapia em vez de agir de maneira tão egoísta.

Fui dar uma corridinha.

Sua filha infeliz,

Claire

Filha,

Cheguei, mas já estou saindo. Volto em vinte minutos.

Você não é patética coisa nenhuma. É duro sofrer uma desilusão amorosa. É difícil quando um relacionamento não dá certo... Se você escreveu que está infeliz, então acho que está melhor do que no começo da semana – é como pedir comida quando estamos melhorando de uma gripe. É um bom sinal, meu bem. Logo você vai estar se sentindo melhor.

Vamos conversar quando estivermos as duas em casa.

Com amor,

Mamãe

Mãe,

Vamos fazer alguma coisa juntas? Que tal darmos uma volta no *shopping*????

Novos *jeans*
Chinelos para o verão para que eu não tenha que usar tênis quando estiver calor
Roupas de banho – talvez um biquíni, tem um muito bonito na Ísis, lá no centro.
Tops
Brincos – a Sirens tem uns brincos de argola muito bonitos e não são caros

Sei que ainda falta muito para chegar o verão, mas já estou entrando no clima. Podíamos planejar umas férias ou algo parecido, o que você acha? Eu sei, eu sei! Estou sonhando!

MÃE!

Não acredito que você me ache tão egoísta! Queria ir ao *shopping* para comprar roupas novas. Mas não esqueci que você tem o TRABALHO e as CONSULTAS. Você está sendo muito INJUSTA.

Claire

MÃE!

Você não me conta o que está acontecendo com você, por que eu deveria lhe contar O QUE ACONTECE COMIGO?

Claire

O Michael telefonou. Eu disse que você ainda não tinha chegado. Fiz bem? Fiquei surpresa de ele ter ligado depois de dizer que não ia mais telefonar. Espero que esteja tudo bem.

Eu te amo, meu anjo,

Mamãe

Arrume o escritório, o.k.? Seus deveres de casa estão em toda parte.

Mãe!

Fui dar uma voltinha de carro com o Michael!!!!!!

Volto mais tarde. Não se preocupe!!!!!!!

Espero que tenha corrido tudo bem na radioterapia.

Bjs.

Claire

Claire,

Fui dormir, mas tentei esperar por você. Não era dia de chegar tarde, amanhã tem aula. O escritório continua uma bagunça.

Amanhã você terá que me explicar o que está acontecendo. Aonde vocês foram?

Mamãe

MÃE!

Desculpe ter chegado tão tarde, sei que amanhã tem aula, mas essa foi a PRIMEIRA E ÚNICA VEZ. Reatei com o Michael. Ele disse que estava arrependido e que sentiu saudade de mim!!!!!

Eu te amo muito, muito, muito!!!!!!

Claire

Claire,

Vou para a casa da Gina.

Não se apresse com o Michael. Não há motivo. Você ainda é muito nova.

Com amor,

Mamãe

Mãe,

A Emma chamou para ajudar com o dever de casa. Volto mais tarde. Por favoooooooooor, não vamos mais discutir por causa do Michael, está bem? Hoje de manhã foi horrível. Não sei por que você fica tão preocupada com isso. E não sou TÃO nova assim. Você era MUITO MAIS nova quando começou a sair com o papai – então, qual o problema?

A Nicole telefonou.

C.

Claire,

Ontem à noite foi terrível. Você está tão descontrolada que não consigo falar direito com você. O que aconteceu com a minha garotinha sensata?

Não disse que eu não gostava do Michael. Nem conheço o rapaz – e isso, por sinal, já é motivo para eu ficar preocupada. Eu disse apenas que estava com medo de você reatar o namoro porque ele parece meio imprevisível. Disse apenas que não gosto do jeito como ele a tratou, e isso é bastante razoável.

Procure não chegar muito tarde hoje.

Mamãe

Quando cheguei, você NÃO ESTAVA, mãe. Até aí, tudo bem, porque você nunca está em casa, não é? Depois vi seu recado na geladeira. Se você estivesse aqui, eu lhe diria isso cara a cara, mas, COMO NÃO ESTÁ, TIVE QUE DEIXAR POR ESCRITO! O Michael é ótimo. Ele é engraçado, inteligente, meigo e está sempre ao meu lado quando preciso, o que já não posso dizer de você. Nem do papai. E, falando em papai, acho que não preciso dos seus conselhos amorosos, mãe!

Cansei de ser sensata. Vou passar a noite na casa da Emma.

C.

Tive que ir à radioterapia, depois dei uma passadinha no trabalho, estavam precisando de mim. Acho que é muito injusto dizer que não fiquei ao seu lado quando você precisou.

Esteja aqui quando eu chegar.

Sua mãe

Vou dormir na casa da Emma de novo.

Claire

Claire,

Para que ter celular se você não o deixa ligado? Fui obrigada a telefonar para a casa da Emma e a mãe dela disse que você não estava. Fiquei morta de preocupação. Aonde você foi?

Liguei para a escola e disseram que você está na aula de inglês. Pelo menos sei que está viva. Faz ideia de como foi embaraçoso ter que dizer à secretária que eu estava procurando minha filha e que não tinha certeza se ela estava na escola? Você está fora de controle, Claire, e realmente espero que não tenha passado a noite com o Michael.

Como sei que está viva, vou para o trabalho. O trabalho que paga a comida que comemos e as roupas que vestimos e que nos dá um teto para morar.

Se você não estiver em casa quando eu chegar, às sete da noite, vou colocá-la de castigo, Claire. Vou tratá-la como uma criancinha se você teimar em agir como uma. Esvazie a máquina de lavar louça quando chegar.

Sua mãe

Fui para a casa do papai. Não dormi com o Michael.
Você sempre pensa o pior.

Claire

Eu te amo, Claire, mas não vou tolerar esse tipo de comportamento.

Falei com seu pai ontem à noite e ele disse que você vinha buscar algumas coisas para ficar com ele. Não acredito que esteja fazendo isso, Claire. Foi muito decepcionante e imaturo da sua parte correr para seu pai para fugir das nossas divergências, e isso só mostra que eu estava certa e que você é nova demais para se envolver seriamente com um rapaz.

O Michael ligou duas vezes essa noite. O que está acontecendo com você?

Mamãe

Se precisar de mim, estou na casa do papai.

Claire

Eu e o papai vamos passar a noite na casa do vovô.
Voltei para buscar algumas coisas.

Claire

Mãe,

Ontem à noite assisti a um DVD para as famílias de pessoas com câncer de mama (a Emma pegou na biblioteca para mim). É difícil escrever uma coisa dessas, mas acho que precisamos conversar mais sobre a doença. O papai disse que talvez estejamos brigando assim por falta de diálogo. Não sei se fico preocupada ou se toco minha vida. Você faz parecer que não é nada sério, então talvez eu devesse fazer o mesmo.

Será que eu estou fazendo tempestade em copo-d'água, mãe? Vou passar a noite aqui.

Claire

Claire,

Não há nenhum livro que ensine como viver ou como lidar com isso. Queria que houvesse.

Você tem a escola, um namorado e coisas para fazer como toda garota normal de 15 anos. Quando isso terminar, tudo voltará a ser como antes.

Fico feliz que tenha decidido passar um tempinho em casa. Saí para dar uma caminhada à margem do rio. Conversamos quando eu voltar.

Com amor,

Mamãe

Aconteceu alguma coisa, mãe? Ontem à noite você parecia distraída. Sinto muito pelas nossas brigas.

Mãe,

Por favor, fale comigo.

Claire

Não consigo, Claire. Desculpe, mas não consigo.

Tenha um pouco de paciência.

Mamãe

Querida Claire,

Se eu ficar muito doente, quero que vá morar com seu pai. Mas eu te amo. Nunca duvide disso.

Com amor,

Mamãe

Mãe,

Estou tremendo. Acabei de entrar numa casa vazia – todas as luzes estavam apagadas. A cozinha estava vazia e vejo um recado na geladeira preso com aquele ímã que lhe dei – aquele que tem uma foto minha de quando era bebê. Você reparou no ímã quando escreveu o bilhete?

Vi a plantinha no canto, um cacto quase chegando ao teto. Parecia maior do que eu lembrava. Então, li seu bilhete.

As pessoas se recuperam desse tipo de coisa o tempo todo. Estou fazendo o possível para ser forte por você, mas não se esqueça de que você vai ficar boa, o.k., mãe – você tem que ficar boa. Vai ficar tudo bem.

Claire

Mãe,

Acabei de achar no lixo a carta que você escreveu para mim. Por que jogou fora? Por que não me disse o que estava acontecendo? É tão ruim assim?

Desculpe por todas as brigas que tivemos. Você está bem?

Claire

Claire,

Vou chegar por volta das seis. Quando terminar de ler isso, talvez fosse bom esperar por mim.

Como lhe contar? Pensei que eu estivesse melhorando e, então, surgiram complicações. Não costuma ser assim – eu sei, já vi outras mulheres passarem pelo mesmo. E, também, você não estava aqui por causa do nosso desentendimento bobo. Ah, Claire, tenho agido tão mal quanto a isso! Aquele bilhete que você escreveu semana passada, aquele em que dizia que tinha visto o DVD para famílias de pessoas com câncer de mama, acredita que chorei por uma hora quando o li? Acredita que esta é a primeira vez que realmente admito que tenho câncer de mama? Eu, eu tenho câncer de mama. É verdade. E não estou melhorando.

Tenho estado fraca demais para admitir que preciso de você. Não quis interferir na sua vida, não quis que mudasse seus planos ou que deixasse de ser minha garotinha.

Não quero que seu pai saiba desse revés. Ainda não. Não até conseguir me reerguer.

Eu te amo,

Mamãe

JUNHO

Forte e corajosa

Encontrei um livro para você, mãe. É de poesia, escrito por pessoas que passaram pelo que você está passando. Talvez você queira escrever um poema, pintar um quadro ou fazer algo criativo. Talvez lhe faça bem. Sei que as coisas andam estranhas, mas temos que ter esperança, não é? É isso que o livro diz.

Você é tão forte... Quando eu era pequena, já sabia que você era a mais forte de todas as mães, e a mais rápida. Você lembra que chegava sempre em primeiro nas gincanas do colégio?

Quando nasci, você tinha 28 anos. Fico imaginando como você era com a minha idade. Fico pensando se seríamos amigas na escola. Aposto que sim.

Parece que o verão chegou de fininho e nos pegou desprevenidas. O dia está ensolarado. Os raios de sol estão entrando pela cozinha, e isso me deixa mais esperançosa. Sei que você vai ficar bem, mãe. Simplesmente sei.

Eu te amo, sinto muito pelo mês passado e por toda aquela confusão por causa do Michael. Desculpe ter ido para a casa do papai. Não sei o que me deu. Vejo que foi uma atitude infantil.

Chego às cinco. Fiz café. Descafeinado!

Acho que devíamos contar ao papai o que está acontecendo. E à Gina também.

C.

Obrigada pelo livro, querida.

Fui deitar um pouco.

Mamãe

Tira o lixo?

Aviso quando o almoço estiver pronto. Só mais duas semanas de aula! Depois FÉRIAS DE VERÃO!!!!

C.

Preciso de chinelos!

Como foi no médico, mãe? Você devia me deixar ir junto. Telefonei, mas você não estava em casa. Espero que esteja passeando de carro e que eles tenham errado o diagnóstico.

Estou no jardim com o Peter. Pegando um pouco de sol. Estou me sentindo estranha.

Claire

Cheguei, li seu recado, fui até a porta dos fundos, olhei para você no jardim e não consegui lhe dizer nada, Claire. Como dizer que a vida não é tão boa quanto deveria ser? Vou lutar contra essa coisa. Vou lutar. Mas não consigo tirar forças para lhe dizer, cara a cara, o que o doutor falou. Desculpe.

Estou deitada.

Mamãe

Você parecia tão pequena ontem à noite no quarto, mãe. Meu Deus! Não acredito que isto esteja acontecendo. Não entendo como pode ter sido tão rápido. Pensei que tudo ia dar certo. Pensei que isso só acontecia com os outros. A avó de uma amiga na escola sobreviveu. Ela comeu muito brócolis e se exercitou. Igual a você. Você vai ficar boa, você É MUITO MAIS NOVA QUE A AVÓ DA MINHA AMIGA!!!!!!

Eu acredito em você, mãe. Você vai ficar boa. Até a hora do almoço.

Claire

Quando chegar, ligue para o celular do seu pai. Ele vem buscá-la, vamos nos encontrar no médico. Precisamos conversar sobre isso, todos nós.

Não acho que vá melhorar só porque você acredita em mim, filha, mesmo comendo brócolis e fazendo exercício. Sinto muito, querida. Vamos todos ouvir o médico e ver o que pode ser feito.

Com amor,

Mamãe

Não podemos desistir, mãe. Muitos se recuperam. E você ainda tem tanta coisa para fazer! Tantos partos, tantos bebês... E tem que cuidar de mim.

A cirurgia e a quimioterapia vão ajudar. Você vai ficar melhor, sei que vai.

Brócolis e exercício hoje à noite. Vamos andar ao longo do rio. Podemos ver aquelas flores rosa que você gosta – como se chamam? Podemos ficar à margem do rio vendo o pôr do sol. Vou ficar ao seu lado o tempo todo, mãe. Nós nos vemos às quatro?

Bjs.

Com amor,

Claire

Tudo bem, Claire. Só tenho que buscar uma coisa com a Nicole. E, sim, vou dizer que precisamos de ajuda.

Caminhar é uma ótima ideia. Exercício e brócolis. Você é quem manda, querida.

Mamãe

Compra pão e leite, Claire?

Mamãe

A Emma telefonou.

Mamãe

Preciso ficar de babá hoje à noite, mas volto logo que terminar. AMANHÃ É O ÚLTIMO DIA DE AULA!!!! EBA!!!!! EBA!!!!!!!!!!!!!!!!!

C.

Claire,

Fui me deitar.

O James da escola ligou.

Com amor,

Mamãe

O Michael telefonou, querida. Não vai poder ir hoje à noite. Disse para você ligar para ele.

Espero que esteja tudo bem!

Mamãe

Mãezinha, por que isso está acontecendo com você? Por que está sendo tão rápido? Estava tudo bem no Natal.

Estou no quarto dos fundos, na internet, tentando entender como vai ser a cirurgia. Está tudo certo com o Michael. Acho que o deprimi falando dessas coisas. Não devia ter falado disso. Ele não sabia de nada mesmo!

Não parece real! Não é?

Bjs.

Com amor,

Claire

Oi, querida,

Só lido com fatos, Claire. Achei que conseguiria trabalhar e lidar com a terrível radioterapia. Mas foi muito difícil, queria ter lhe contado como aquilo me fazia mal. Não estou acostumada a ficar deste lado da coisa, não é? Médicos são péssimos pacientes.

Então perdi o controle da situação. Não estou no comando, Claire. Não posso fazer nada, e é isso que me assusta.

Devíamos tomar nota da próxima vez que formos ao médico. Você pode ficar encarregada disso.

Tenho que descansar. Depois nos vemos.

Estou pronta para amanhã.

Com amor,

Mamãe

Preparei um pouco de caldo de galinha, mãe. Como está se sentindo?

Mãe, quando acordar, estou no jardim. Estou lendo outro livro de poesia, escrito por mulheres que também passaram por isso. Uma delas diz que ter perdido o seio a fez sentir-se menos mulher. Para mim é difícil entender esse ponto de vista, porque não consigo pensar em você desse jeito, mãe, como o tipo de mulher que se sente mulher em vez de mãe. Faz sentido? Conversa comigo sobre essas coisas? Estou tentando ser mais madura, mas é MUITO difícil.

Não vou ficar muito tempo aqui fora, volto para ver como você está. Se não quiser vir, prometo que em breve estarei em seu quarto.

Bjs.

Com amor,

Claire

Bom dia, mãe!

Saí com o papai para comprar um chapéu para você (caso precise). Ele disse que tinha visto um muito bonito, mas queria a minha opinião.

Você está se saindo muito bem, mãe. Estou orgulhosa de você. Vai voltar a trabalhar logo, logo – tudo vai voltar a ser o que era antes.

O papai perguntou se poderia passar a noite aqui. Espero que não tenha problema!

Bjs.

Com amor,

Claire

Estou com a chave.

Desculpe ter ficado tão zangada, Claire. Estou dando o máximo de mim. Primeiro tenho que lidar com as consequências da cirurgia, depois penso na quimioterapia. E só então vou pensar em ficar melhor.

Mamãe

Saí com o Michael – para devolver o chapéu. Desculpe, mãe. Não queríamos aborrecê-la. Sei que você ainda tem cabelo e que talvez ele nem caia. Eu só estava tentando animá-la.

Logo você vai se sentir melhor. Tem sopa na geladeira.

Claire

Estou no jardim com a Emma e o James. Eles vieram para tentar ajudar com a casa. Eba!!!!

Venha conversar com a gente. Será que pegando um pouco de sol você se anima????

Claire

Desculpe ter trazido a Emma e o James, mãe. Pensei que seria interessante ter um pouco de companhia. Da próxima vez, pergunto se posso trazer os amigos, está bem?

Para mim, você está linda.
Bjs.

Com amor,

Claire

Desculpe, Claire. Nunca pensei que fosse ficar tão mal. Estou me sentindo um pouco mais forte agora, mas isso me deixou bastante abalada. Pelo menos não vou perder outro seio direito (era para ser piada, mas não teve muita graça). Foi muita gentileza sua dizer que estou bonita. Não me sinto bonita. Parece que estou debaixo da água e que não consigo nadar até a superfície. Estou um pouco desorientada, só isso. Não quero que se preocupe comigo.

A quimioterapia começa em breve. Quer ir comigo?

Quanto ao cabelo, vamos torcer para que não caia mesmo.

Sua mãezinha

Quando olho para você
Vejo a mulher que quero ser
Forte e corajosa
Linda e independente

Claire

P.S. Eu te amo

Aconteceu tão depressa, filha... Parece que perdi o controle de tudo, e quando me olho no espelho não me reconheço mais. Será que a vida é isso?

Sinto muito, não quero sobrecarregá-la. Você tem só 15 anos.

Quando chegar, vou preparar o café da manhã para você. Volto em dez minutos.

Com amor,

Mamãe

Claire,

Desculpe ter esquecido sua mesada. Está na bancada.
Deixei dez dólares a mais, meu bem.

Com amor,

Mamãe

O James ligou. Pediu para você telefonar para ele.

Bjs.

Mamãe

Mãe,

Estou tomando café da manhã, mas não sei onde você está. Vou ficar no jardim.

Escrevi essa lista para o papai e fiz uma cópia para você. MAS SÓ PORQUE VOCÊ PEDIU!

Lista de presentes de aniversário:

Livros – gosto da Sylvia Plath
Maquiagem
Joias
iPod
Laptop para substituir o *desktop* velho
Roupas, ou um vale-presente da Ísis...

Quase dezesseis!!!!

MÃE!

A Emma e o James podiam dar uma passadinha aqui no fim de semana, não é? Posso chamar mais uns amigos? A Cheryl, a Juliette, a Alison, a Ellie, talvez o Jim, a Sandy e o Jack? E o Michael também?????!!!!!!! Podíamos fazer um churrasco.

Pode ser no sábado? Você topa? Ou então podíamos fazer o churrasco na casa do papai, aí você não precisaria cozinhar!

PARABÉNS PRA VOCÊ
NESTA DATA QUERIDA
MUITAS FELICIDADES
MUITOS ANOS DE VIDA

Parabéns, minha filha, minha garotinha linda e corajosa. Não acredito que dezesseis anos atrás você era um bebezinho perfeito. Lembro quando chorou pela primeira vez. Você foi um milagre.

Estou com o Peter no jardim. Vamos tomar café da manhã aqui fora (ele vai comer cenouras e sementes, eu acho – e eu vou comer um sanduíche de salmão... vou deixar um *bagel* para você). Que verão mais lindo!

Eu te amo, minha aniversariante,

Mamãe

Obrigada pelo café da manhã e por tudo o mais, mãe.
Adorei TODOS OS PRESENTES! O melhor de todos foi
vê-la fora de casa.

O vestido ficou lindo em você.

Claire

Como a quimioterapia começa amanhã, não vou mais poder ficar no sol. Sabia, querida? Parece que o sol reage de maneira negativa aos quimioterápicos, então passei parte da manhã no jardim, aproveitando o sol no corpo.

É incrível a quantidade de pílulas que tenho que tomar. E, pior, não tenho certeza se a quimioterapia vai ser uma coisa boa. A palavra já me faz tremer.

Mamãe

Sinto muito pelo que aconteceu no sábado, Claire. Sei que você queria convidar seus amigos. Estou me sentindo péssima quanto a isso.

Com amor,

Mamãe

Mãezinha, não se desculpe. Sou eu que tenho que pedir desculpas. Queria não ter dado tanto trabalho com o Michael na primavera. É culpa minha? Isso é culpa minha?

Claire

Não é culpa de ninguém, Claire. Às vezes, a vida é assim mesmo. Talvez a culpa seja minha por tentar protegê-la quando eu e seu pai nos divorciamos. Não queria que você descobrisse que o mundo pode ser cruel, que a vida é difícil, que às vezes não podemos controlar nosso destino.

Isso não é culpa sua, Claire. Não é culpa de ninguém. Às vezes não há quem culpar, só isso.

Não temos conversado muito sobre o Michael. Sei que ainda estão juntos. Como estão indo as coisas? Não vou me zangar.

Com amor,

Mamãe

A Emma ligou.

Acabou o leite – dinheiro na bancada. (Junto com a mesada e a chave – estava debaixo da mesa da cozinha.)

Oi, mãe,

Acho que tem algo de errado comigo. O coração está batendo rápido demais. Parece que as cores do quarto estão mais vivas. O azul está de algum modo mais azul e o vermelho está mais vermelho, e o amarelo parece o sol brilhando. Acho que não estou falando coisa com coisa, desculpe! É que estou com uma sensação estranha. Como se tivesse comido demais e o estômago estivesse desconfortavelmente cheio. Escrever sobre isso está me deixando pior, para dizer a verdade. O que há de errado comigo? Talvez precise dar uma saída?????

Vamos viajar para algum lugar quando a quimioterapia acabar? Não precisa ser nada muito caro, podemos fazer uma viagem de carro, deixamos o Peter com o papai e saímos por aí. Só nós garotas…

Falando no Peter, a orelha dele parece amassada – será que se machucou?

Bjs.

Com amor,

Claire

Claire,

Isso que você descreveu, essa sensação, parece ser ansiedade. Se quiser, podemos ir ao médico. Mas, por favor, não fique preocupada, querida, tudo vai ficar bem, o.k.?

Eu posso vencer essa coisa.

E depois falamos sobre as férias. Não dá para pensar nisso agora. Seria como estar no fim de uma estrada sem tê-la percorrido.

Não reparei em nada na orelha do Peter.

Com amor,

Mamãe

Querida Claire,

Meu coração está descompassado, como se tivesse um beija-flor preso aqui dentro. Vou me deitar.

Mamãe

Acabei de lembrar, sua mesada estava na bancada junto com o dinheiro para o pão e para o leite no outro dia.

Você ainda está ansiosa?

Mamãe

O James telefonou. Disse que liga mais tarde.

Com amor,

Mamãe

Saí com a Emma. Volto lá pelas nove e meia.

Bjs.

Claire

Pobre Claire,

Essas férias de verão foram péssimas, não?

Vou recompensá-la. Um dia.

Mamãe

Não preciso de férias de verão. Só quero que você fique melhor.

Bjs.

Com amor,

Claire

O Michael ligou. Não vai poder ir hoje à noite.

Com amor,

Mamãe

Hoje está muito quente, vou deitar.

Com amor,

Mamãe

O Michael telefonou. Ligue para ele quando chegar.

Está tudo bem?

Com amor,

Mamãe

Ri o dia inteiro só de pensar em você dançando na cozinha hoje de manhã, Claire. A grama está ficando marrom e o coitado do Peter está arquejando com esse calor, mas você está dançando, cheia de frescor.

Com amor,

Mamãe

SETEMBRO

Linda e independente

Oi, mãe,

Você parecia tão corajosa no hospital! Imaginei como seria estar na sua pele, sentir aqueles negócios entrando no corpo. Só sei que foi estranho para mim, sabe? Você é a adulta, mas era eu que estava tentando tomar conta de você.

Não lhe contei, mas a enfermeira veio falar comigo. Deu alguns livros. Vamos lê-los juntas??

Bjs.

Com amor,

Claire

Oi, Claire,

Espero que sua primeira aula no Segundo Ano tenha sido ótima e que você e a Emma tenham novamente muitas aulas juntas. Sobrou macarrão e salada na geladeira, e comprei uma fatia de bolo de *cappuccino* para você na padaria para lhe fazer um pequeno agrado.

Tive que deitar um pouquinho.

Mamãe

Oi, mãe,

A Gina e a Nicole vão trazer comida hoje à noite, e vão fazer isso sempre que for necessário enquanto durar a quimioterapia, para você poder descansar. A Gina tinha perguntado, algumas semanas atrás, se estávamos bem e eu disse que estávamos nos virando. Mas, quando ela perguntou de novo, pensei que seria bom ter companhia.

Está bem para você?

C.

Está.

Mamãe

Quer alguma coisa, mãe?

Deixe um bilhete.

C.

Quero me sentir melhor.

Mamãe

Escrevi alguns poemas, e a sra. Manda gostou. Posso mostrar alguns para você, se quiser. E agora me sinto menos preocupada. Saí com a Emma rapidinho. Volto no mais tardar às seis, juro!

A Gina vai chegar antes de mim. Vamos comer lasanha hoje à noite. EBA!

Claire

Como está o braço, mãe? Quer que eu ligue para o hospital para ver se é normal?

Bjs.

Com amor,

Claire

Oi, Claire,

Acho que vou precisar de um chapéu. Você chegou a devolver aquele azul, bonito?

Estou deitada.

Mamãe

Quando a estrada virar,
Estaremos juntas,
Fazendo a curva,
Apoiando-se
Uma na outra, como mãe
E filha,
E mãe.

A sra. Manda disse que o jornal da escola vai publicar o poema. Acho que quero ser escritora quando crescer.

Claire

Amei o poema, querida.

Hoje não estou a fim de dirigir. De manhã estava bem, mas agora me sinto exausta.

Amanhã é a próxima sessão. Não sei se aguento. Fico enjoada só de pensar.

Mamãe

O James telefonou.

Vou com você.

Eu te amo,

Claire

Ainda bem que não está muito quente, querida. Sei que você gosta do verão, mas é gostoso quando o tempo começa a virar... Em breve, as folhas estarão cheias de cor.

A mesada está na bancada.

Mamãe

Ainda está cedo, Claire, mas fiquei pensando por um longo tempo. Pensando em mim e em você, e no seu pai. Parece que, depois do divórcio, você teve que amadurecer mais depressa do que eu esperava. Olhe quantas compras você fez, quantas refeições preparou, e agora está cuidando de mim. Sei que a Gina está ajudando, mas você tem me apoiado tanto, que me pergunto se fiz o bastante por você.

Fui uma boa mãe? É o tipo de pergunta que toda mãe quer fazer, mas não consegue, por falta de oportunidade. Ou falta de coragem.

Eu te amo,

Mamãe

Mãe,

Não sei o que dizer. Você é minha mãe, e tudo o que mais quero é que fique boa. Talvez eu não esteja tão crescida quanto você pensa.

Vou dar uma caminhada. O Michael ligou e, quando lhe disse que estava ocupada, ele ficou um pouco decepcionado, então vamos sair rapidinho. Volto logo.

Bjs.

Com amor,

Claire

MÃE!

Você devia ter me esperado. Cheguei a tempo! Agora você está sozinha no hospital, e eu estou aqui, subindo pelas paredes de tão nervosa.

Queria que você parasse para pensar às vezes. Quando você faz coisas assim, não facilita em nada a minha vida e também não posso me zangar porque você está doente.

Estou com o Peter no jardim.

Claire

A Gina disse que lhe deu carona ontem. Ela vai passar a noite aqui e eu vou para a casa do papai. Acho que é uma boa ideia.

Espero que esteja se sentindo bem, mãe.

Claire

A Gina disse que vocês foram à loja da Rose Bush sem mim. Disse que tentaram lhe arranjar um sutiã e que você deu risada. Vou dormir na casa do papai novamente.

Claire

Oi, mãe,

Voltei da casa do papai. Chegando lá, percebi que estava fazendo a coisa errada.

Vou dormir aqui hoje.

Bjs.

Com amor,

Claire

Filha,

Desculpe. Tenho agido como se não houvesse mais ninguém além de mim – como se você não precisasse da minha companhia, como se eu não precisasse da sua. Preciso de você, sim, meu anjo, só que está sendo difícil aceitar essa transição de mãe solteira, uma mulher que não precisava da ajuda de ninguém, para uma semimulher que precisa que a filha cuide dela.

O médico indicou um grupo local de mulheres que sobreviveram ao câncer de mama, ou que ainda estão lutando contra ele, como é meu caso, e ontem a Gina me levou lá. É impressionante a quantidade de mulheres que também tiveram que passar por isso, a quantidade de mulheres que moram aqui perto e que estão enfrentando os mesmos problemas. Uma delas tem só 31 anos e tem uma filha de 6. Ela sabe que está morrendo e está desesperada. Pegou minha mão e disse que tenho que ser forte por você, que preciso incluí-la. Segurei seus dedos frágeis e os apertei de leve. "Não perca tempo", ela disse.

Ela está certa, Claire, preciso lhe contar tudo. Preciso me abrir, preciso tratá-la como adulta. Tentei me policiar para que você não perdesse o frescor, o brilho, a luz, mas isso acabou prejudicando você. Se deixar que você seja adulta, você será adulta, e é o que tenho que fazer.

Tenho me sentido muito triste, muito assustada. O que fiz com a minha vida? Todos esses anos, sempre achei que devia lutar por meus sonhos, mas parece que esses anos ficaram para trás, que tive minha chance e que a desperdicei de alguma forma, que perdi o foco. Tenho você, minha garotinha – você deu sentido à minha vida, deu mais alegria do que qualquer outra coisa. Mas e quanto a todas as coisas que eu queria fazer? Nunca fui à África. Nunca li Proust. Nunca aprendi a tocar piano ou a ler partituras – aquelas manchinhas pretas no papel que as pessoas traduzem em sons lindíssimos são um mistério para mim, talvez nunca o desvende. Nunca pulei de paraquedas, nunca vi o deserto, nunca fui pescar.

Sei que nem tudo está perdido e que há esperança, mas tenho que pensar no que pode acontecer, e quando você sorri e me fala de brócolis e exercício eu me sinto exausta, simplesmente exausta. Não perdi a esperança, só quero pensar em todas as possibilidades.

Estou cansada, muito cansada, e não estou me sentindo bem hoje.

Contei-lhe tudo o que podia contar por enquanto.

Eu te amo,

Mamãe

Oi, mãe,

Sua carta tinha muitos trechos difíceis de ler. Queria saber o que você FEZ, mas, em vez disso, você falou apenas das coisas que não conseguiu fazer. Então me dei conta de que quase não conheço sua história. Como você era quando tinha a minha idade? Você e papai conversavam sobre o quê? Onde se conheceram? Você se casou com ele só porque ficou grávida de mim? Por que se divorciaram? Foi difícil cuidar de mim sozinha?

Essas perguntas estão me fazendo chorar, mãe, mas não sei por quê. Talvez estejam abrindo as portas de um mundo que só conheço pelas beiradas. Um mundo adulto. É assustador, não gosto disso.

Eu e o Michael não estamos nos entendendo. Ele não é tão maravilhoso quanto eu pensava. Não se preocupe, mas acho que vou terminar com ele. A Emma concorda. Diz que o Michael é HORRÍVEL e que eu não devia ter voltado com ele!

Bjs., minha mãezinha,

Com amor,

C.

Às vezes você parece muito a minha mãe, Claire. Não sei se já lhe disse isso.

A reunião do grupo de apoio vai ser hoje à noite. Esqueci de lhe dizer no café da manhã. Vou esquentar a comida que a Nicole fez e vamos juntas.

Respondi a todas as perguntas?

Com amor,

Mamãe

Montar um álbum é uma ótima ideia, mãe. Não sabia que tínhamos tantas fotos de família!

Vamos começar hoje à noite.

Obrigada por me levar à reunião do grupo ontem à noite. Estou me sentindo menos sozinha – entende o que digo?

Bjs.

Com amor,

Claire

Eu me diverti tanto, Claire! Queria poder ficar organizando nossas fotos com você para sempre. Mal posso esperar para repetir a dose hoje à noite.

Que tal se também colocássemos nossos poemas no álbum?

A máquina de lavar louça está cheia.

Com amor,

Mamãe

Oi, mãe!

Ainda estou rindo daquela sua foto com o Peter na cabeça. Queria me lembrar desse dia!

Sei que você pode não melhorar, mãe – embora seja incrivelmente difícil escrever uma coisa dessas –, eu compreendo a situação e entendo por que tivemos que conversar sobre isso ontem à noite. Seria a coisa mais difícil do mundo, mas não quero que se preocupe comigo. Você me deu força para enfrentar o futuro.

Espero pelo melhor, mãe, mas vou estar preparada para o pior. É um bom trato, não acha?

Com amor, força, luz e muitos abraços,

Claire

Queria não ter demorado tanto para ir ao médico. Fico pensando que, se eu tivesse ido logo, talvez as coisas não chegassem a esse ponto. Queria ter sido mais responsável, Claire, como teria sido se fosse uma mãe melhor.

Até o médico disse que foi um caso excepcional. A culpa não é sua.

E não quero uma "mãe melhor". Tenho você.

Estou fazendo uma lista para a Gina, mãe. Do que mais precisamos?

ovos
pasta de amendoim
frutas
leite de soja
suco de laranja
pão
queijo

Falta azeite e vinagre. Também seria bom comprar verduras.

Como você está? Estou pensando em você, mãezinha.

Até mais,

Bjs.

Ontem à noite foi divertido, mãe! Foi bom vê-la sorrindo!

Bjs.

Claire, meu bem,

A respiração está um pouco curta. Amanhã vou ao médico de novo.

O James telefonou. Perguntou como eu estava. Tive que me segurar pra não chorar. Ele parece muito gentil.

Mamãe

Claire, meu bem,

Vou passar a noite no hospital. Avisei seu pai. Mais tarde ele vai levá-la pra me visitar.

Eu te amo,

Mamãe

Claire,

Vou passar mais alguns dias no hospital. A Gina me trouxe aqui para apanhar algumas coisas. Você podia limpar a gaiola do Peter antes de ir para lá? Ele parece meio abandonado.

Não sei aonde o futuro nos levará, mas sei que você ficará bem.

Não poderia ter uma filha mais maravilhosa.

Eu te amo,

Mamãe

Não poderia ter uma mãe mais maravilhosa.

Com amor,

Claire

Arrumei o quarto para você ficar bem confortável.
Se não estiver aqui quando você chegar, é porque estou lá fora dando comida para o Peter.

P.S.

Eu te amo

Querida mamãe,

Hoje fui à reunião do grupo de apoio e a Mary sugeriu que lhe escrevesse uma carta mesmo que não possa mais entregá-la. Ela disse que eu me sentiria mais próxima de você e que talvez houvesse coisas que gostaria de lhe contar.

Vim escrever em nossa casa, estou sentada na cozinha. A casa já está à venda, mas neste instante posso quase fingir que você está deitada em seu quarto, ou que está trabalhando e estou esperando que você chegue para me contar sobre os bebês que nasceram, ou me dar um abraço. O pior foi quando olhei para a porta da geladeira, à procura de um bilhete seu, e não encontrei nada. A porta da geladeira estava branca e vazia. Fiquei chorando por séculos.

Estou com saudade, mãe. Queria que ainda estivesse aqui com a gente. Gosto de morar com o papai, mas queria que você ainda estivesse aqui. Não entendo por que tiveram que tirá-la de mim, ou por que você teve que ficar doente, ou por que teve que morrer tão depressa quando tanta gente sobrevive a essa doença. Por que teve que ser assim? Como você pôde simplesmente ir embora?

Como pôde me deixar? É como se eu estivesse zangada com você, mãe. Não é uma idiotice?

Você se lembra de como o outono foi bonito? De como olhávamos pela janela do quarto à medida que você adoecia, admirando os tons amarelos e vermelhos do nascer do sol? Você lutou tanto, mãe... Odeio que tenha sido tão difícil para você.

O inverno foi longo e frio. Tenho ido à escola, mas parece que estou sempre numa espécie de bruma. A Emma tem sido muito gentil, o James também, e a Gina tem sido ótima, mãe, você não ia acreditar. Mas eles não são você. O Natal foi horrível.

Mary tinha razão. Realmente me sinto melhor escrevendo para você, embora tenha me feito chorar como não fazia há meses. Ela diz que é normal ficar triste, zangada, confusa. Não me parece normal. Não mesmo.

O Peter está bem. Montei a gaiola dele na casa do papai, e, quando faço carinho nele, lembro do verão e do outono que passamos juntas, fazendo aqueles álbuns de fotografia, comendo o que a Gina preparava, tentando nos conhecer melhor. Posso até me esquecer de como foi difícil para você no fim, mas jamais me esquecerei de como você foi forte e corajosa. Tenho uma foto de você sentada numa cadeira de rodas no hospital. Seus olhos estão lindos e grandes. Você parece surpresa, mãe, como se tivesse sido pega desprevenida. Parece que nós duas fomos pegas de surpresa.

Queria que tivéssemos mais tempo, mãe. Acho que isso é tudo o que tenho a dizer. Queria ter tido mais tempo para ficar com você. Mas fico feliz pelo tempo que tivemos. Muito feliz. Quando voltar para a casa do papai, vou folhear os álbuns e vou me lembrar de tudo.

Acho que vou deixar essa carta aqui para você. Nesta cozinha vazia. Assim, se você voltar para casa, vai saber que eu te amo e que sinto sua falta. Por favor, não se preocupe comigo.

Sua filha,

Claire

Querida mamãe,

Amanhã é meu aniversário. Não acredito que já vou fazer 17 anos! O papai e o James (ele é meu namorado agora – você se lembra do James, da escola?) estão planejando alguma surpresa, mas tenho que fingir que não sei de nada. Vou tentar parecer surpresa.

Tinha ficado com a chave da casa, esperando o momento certo. Hoje estava sentada à margem do rio onde costumávamos caminhar e, de repente, me dei conta do que deveria fazer com ela. Atirei-a longe, com toda a força. Ela cintilou à luz do sol, depois caiu na água e sumiu. Eu me senti bem, mãe, pela primeira vez em muito tempo, eu me senti bem. Sentada à margem do rio, parecia que podia ouvir sua voz no vento, dizendo que você estava bem.

Um dia vou dobrar esse bilhete e vou colocá-lo no rio. Mas por enquanto vou mantê-lo junto a mim.

Eu te amo,

Claire

*Agradeço a Marguerite Buckmaster,
a quem não tive tempo de conhecer.*

GRÁFICA PAYM
Tel. [11] 4392-3344
paym@graficapaym.com.br